Irgendwie habe ich nie den Sinn dieser ersten Seiten
in einem Buch verstanden.

Mark Lorenz

Captain Falafel

The Beginning

Bibliografische Information der Deutschen Nationalbibliothek: Die Deutsche Nationalbibliothek verzeichnet diese Publikation in der Deutschen Nationalbibliografie; detaillierte bibliografische Daten sind im Internet über dnb.dnb.de abrufbar.

© 2018 Mark Lorenz
Herstellung und Verlag:
BoD – Books on Demand, Norderstedt

ISBN: 978-3-7460-9410-6

Vorwort

Endlich ist sie da. Die Geschichte, womit es alles anfing: Genisis I. Auch besser bekannt unter Captain Falafel The Beginning. Wir wurden ausgelacht. Niemand hatte uns geglaubt, dass wir so ein monumentales Werk erschaffen können. Uns wurde gesagt, dass unsere Kapitel zu kurz sind. Dabei wissen wir doch genau, dass unsere Leser dumm und dank Smartphone und Co nur eine Aufmerksamkeitsspanne von Goldfischen haben. Was übrigens nur ein Spruch ist, da Goldfische sehr wohl ein Erinnerungsvermögen haben, was länger als einige Sekunden ist und somit intelligenter sind als unser durchschnittlicher Leser. Ein Glück, dass heutzutage alle klüger sind als der Durchschnitt.

Uns wurde gesagt, dass wir zu viele Rechtschreibfehler haben, wohl wissend, dass wir einfach zu geizig für ein Korrektorat oder einen gebrauchten Duden sind. Also fickt euch und viel Spaß beim Lesen.

Inhalt

1 Jahr v.d.Z.

Es tat etwas weh und es war irgendwie so kalt, dunkel und "ööh" nass. Und was waren das für merkwürdige Geräusche aus Glucksen und Fiepen? Nein, das wollte er nicht. Er will wieder zurück. Dort wo es warm war und man nicht eigenständig atmen musste. Doch er wurde geboren. So ein Mist.

Unser Neugeborener verstand nichts, während er von seiner Mutter liebevoll abgeleckt wurde. Doch dann kam schon der nächste Schock indem er von einer Hand am Bein hochgerissen wurde, so dass er leise vor Angst quiekte und dann dieses Nerv durchdringende Schreien: "Mama, Mama, schau mal, der da ist ein Junge. Können wir das abschneiden. Mädchen sind doch viel süßer." - "Chantal-Jaqueline, lass ihn doch bitte wieder runter." Er war das 9 von 11 Geschwistern, weswegen ihn seine Meisterin einfach 9/11 nannte.

Noch immer 1 Jahr v.d.Z. einige Tage später

Seine Augen öffneten sich langsam. Das grelle Licht war doof. Zum Glück hatte er jetzt einen Grund mehr sich in dem Fellknäuel aus seinen Geschwistern zu verstecken. Außerdem war er dort näher an seiner Mutter, welche er als wandelndes Restaurant betrachtete. Er hatte sich mit diesem Leben abgefunden. Doch da war eine Sache, die ihm jeden Tag auf den, zum Glück nicht abgeschnittenen, Sack ging: "Mama, Mama, die anderen Kinder haben mich heute in der Schule verprügelt." - "Du arme Chantal-

Jaqueline. Da werde ich gleich zu den Lehrern gehen und mich beschweren. Was ist denn passiert?" - "Die anderen Kinder haben gesagt, dass ein Busch schuld an 9/11 ist. Das ist total dumm, weil ein Busch kann ja nichts, außer ein bisschen Brennen und Sprechen. Dann habe ich den anderen gesagt, dass ich schuld an 9/11 bin, weil ich 9/11's Mama festgehalten habe, als 9/11's Papa mit der Mama kuscheln wollte. So wie Papa es mit dir macht, wenn Onkel John mit dir kuscheln will. Und dann haben sie mich verprügelt."

Einige Wochen später

9/11 dachte gar nicht daran seine Mutter nicht mehr als laufende Milchbar zu betrachten. Kauen war doch so anstrengend. Dabei hatte er jetzt eine Größe erreicht, bei der er sich Abnabeln müsste. Seine Geschwister mümmelten währenddessen schon diverse Getreidesorten, Pellets, Gräser und anderes Grünzeug, Gemüse, Früchte, Hölzer, Tapeten, Kabel, Bücher, diverse Verpackungen, Tisch- und Stuhlbeine, T-Shirts, Schuhe, Teppiche, Geldscheine und, zur Freude ihrer Meisterin, Hausaufgaben, ohne Ende

Hausaufgaben. Nur eine Sache knabberten sie nicht an. Eine alte, etwas verwelkte Postkarte mit Palmen Motiv, welches in ihrem Käfig hing. Es hatte etwas beruhigendes und magisches. Vor allem wenn Nachts wieder diese Geräusche anfingen: "Du bist betrunken." - "Binsch nisch, du Schwampe." - "Du tust mir weh." - "Masch nackisch!" - "Nein, lass mich." Währenddessen saß CJ vor dem Käfig und lachte: "Hahaha, sie spielen wieder. Vielleicht hat Mama morgen wieder diese verschiedenen hübschen Flecken im Gesicht."

Einige Monate später

"**M**ama, nein! Ich will sie behalten. Es ist doch erst einer, der nicht wieder aufgewacht ist.", die Meisterin war außer sich und schrie ihre Erzeugerin an, während sich der Käfig wackelnd im Arm derselben zu einem glänzenden Gebäude bewegte. "Bedanke dich bei deinem Schwein von Vater, der unser ganzes Geld versoffen hat. Wir können uns das nicht mehr leisten. Die Leute im Labor geben uns gutes Geld und außerdem werden sie es dort besser haben als bei uns." Viele Tränen und einige Scheine später schaute 9/11 in die verglasten Augen eines Mannes im Kittel. Das war ihm aber zu langweilig und so versuchte er sich einmal mehr an seiner Mutter zu laben, die ihn mit aufgeregten Quieken abwehrte. Naja, man konnte es ja mal versuchen.

Kurz v.d.Z.

Und wieder war ein neuer Tag im sterilen Labor angebrochen. 9/11 hockte neben seinen Geschwistern und fraß verschiedene Getreidesorten, wie eigentlich jeden Tag, wenn er nicht gerade versuchte an seiner Mutter zu säugen. Und wie jeden Tag kamen irgendwelche Männer in weiß. Und wie jeden Tag griffen sie in den Käfig, der wie jeden Tag damit wieder um ein Lebewesen kleiner wurde. So saßen darin nur nur noch 3 der Geschwister. Dieses Mal hatten sie 9/11 in der Hand:

"Objekt Nr.8 der Testreihe 574,387. Sieht etwas träge aus." Der Träge wurde auf einen metallenen Tisch gesetzt, welcher von einer hellen Lampe beschienen wurde. Es war zwar unangenehm, aber noch kein Grund sich zu sehr zu bewegen und so saß 9/11 auf dem Tisch, während einer der beiden Männer etwas weißes, längliches aus einer Ampulle holte. Dieses weiße Ding hatte etwa die halbe Größe von 9/11. Dieser blickte uninteressiert durch die Gegend. Dann wurde er wieder hochgehoben und der Mann mit dem weißen Ding sprach: "11:45 Uhr, beginne mit dem Einführen des Zäpfchens." Dann wurde das weiße große Ding in den Analkanal von 9/11 geschoben. Er merkte wie seine Organe erdrückt wurden und stieß einen schmerzhaften Quiek heraus. Dann war er tot.

Ganz kurz v.d.Z.

Der andere Wissenschaftler hielt sein Stethoskop an die Brust von 9/11: "Mhmm, Objekt Nr.8 verstorben." Und mit einem geschickten Wurf, landete der tote Körper in einem Mülleimer. "Netter Wurf!", beglückwünschte der andere Wissenschaftler seinen Kollegen: "Wollen wir heute nicht noch einen Quieker testen. Wir haben doch noch etwas Zeit." Sein Kollege nickte zustimmend. Und so holten sie nun auch das vorletzte Geschwisterkind aus dem Käfig und wiederholten die Prozedur. Auch dieses Mal gab es ein herzzerreißendes Pfeifen, gefolgt

von Stille.

Ganz kurz n.d.Z.

Noch einmal folgte das Stethoskop. Doch kaum setzte der Mitarbeiter zu einem gewaltigen Fernwurf an, wurde er aufgehalten:

"Warte, warte. Er lebt! Endlich. Setz ihn zurück in den Käfig." Dann schaute der Forscher auf seine Uhr: "Mhmm, es ist gleich Zeit zum Mittag. Was möchtest du? Ich hole mir eine Falafel."

"Falafel.", das war das erste Wort was er von den Menschen verstand. "Falafel, das muss wohl mein Name sein!", mümmelte Falafel während er neben seinem letzten verbliebenen

Bruder, der selbstverständlich und logischerweise, irgendwann einer seiner Erzfeinde werden würde, lag. Denn sitzen konnte er aus erklärlichen Gründen im Moment nicht.

Einige Tage n.d.Z.

Insgesamt hatten 3 überlebt. 2 aus Falafels Käfig und eine aus der anderen Ecke des Raumes, die aber anders aussah. Sie saßen nun alle drei nebeneinander an kleinen Schulbänken und Tischen und schauten auf eine Tafel, auf der einer der Forscher mit blauer Kreide das Alphabet an die Tafel schrieb. Dann wandte er sich zu dem einzigen weiblichen Wesen in der Gruppe: "Okay Schawarma, wie heißt dieser Buchstabe?" - "Das ist ein G wie Geschlechtskrankheit!", sie grinste schelmisch. Falafels Bruder verdrehte die Augen:

"Boah, bist du kindisch." Und war gleich danach von seinen eigenen Worten peinlich berührt. "Nicht dazwischen reden Mettbrötchen.", ermahnte ihn der Wissenschaftler: "Wenn du so schlau bist, dann bekommst du jetzt einen schweren Buchstaben. Was ist das?" Jetzt wurde Mettbrötchen aufgeregt und gluckste: "Das ist ein Q wie Quantencomputer. Ich habe übrigens einen Prototypen gebaut. Möchten Sie ihn sehen?" Der Forscher machte sich einige Notizen: "Sehr erstaunlich! Falafel, du bist dran. Was ist das für ein Buchstabe?" - "Häh, was? Wo bin ich?", Falafel zog sich noch schnell seinen Speichelfaden hoch und schaute den Wissenschaftler mit großen, entsetzten, schwarzen Knopfaugen an. "Was ist das für ein Buchstabe?", wiederholte der Lehrende ärgerlich. Jetzt wurde der Blick des Gefragten klarer: "Ja, es ist schon Zeit zum Mittagessen. Ich habe heute Lust auf Hafer." Der Forscher wurde laut: "Sag, was das für ein Buchstabe ist." Unser Gefragter antwortete: "Was das für ein Buchstabe ist." Der Fragende war genervt: "Das ist ein A...., ein A... A...., verstehst du das?" - "Ich sage zu AA zwar immer Groß, aber jeder kann es ja nennen wie er möchte.", mümmelte Falafel zufrieden zurück. Entnervt machte sich der Forscher weitere Notizen: "Objekt Nr.9, zeigt noch immer keine zufriedenstellende Intelligenz. Weitere Zäpfchen notwendig." Den zweiten Satz sprach er laut aus, so dass Falafel ihn hören konnte. Nun wurden seine Augen noch größer, sodass man das Weiße sah. Dann wurde er gepackt und im Gang vor der Tür hörte man nur noch ein laut quietschendes Schreien.

Am Abend desselben Tages

"Warum machst du uns das Leben so schwer?", sprach Mettbrötchen seinem Bruder vorwurfsvoll ins Gewissen: "Wir hätten schon viel mehr Privilegien und du müsstest nicht ständig die Prozedur durchstehen. Wieso machst du das?" Falafel stand nur starr in der Mitte des Käfigs. Sein kartoffelförmiger Hintern pochte noch immer etwas vom Schmerz. Sein Zellengenosse wurde ärgerlich: "Stell dich nicht dumm. Ich weiß, dass du genau so intelligent bist wie ich." Entgeistert drehte Falafel seinen Kopf zum Sprechenden:

"Hast du etwas gesagt? Ich habe nicht zugehört." Mettbrötchen hob vor Zorn seinen Kopf und quiekte zunehmend. Doch Falafels Blick war schon wieder in die Ferne gerichtet, durch das kleine Oberlicht des Laborraumes in die Nacht hinein. Dies ging so lange weiter bis aus der anderen Seite des Raumes eine Stimme erklang: "Hey, Ruhe! Ich will schlafen." Sobald Mettbrötchen Schawarmas Stimme vernahm, stockte die selbige abrupt und er lief rot an. Zumindest könnte man es glauben, wenn er nicht so haarig gewesen wäre. "Sind sie nicht schön?", gluckste Falafel sanft. Dieses Mal war es sein Bruder der keine

Antwort wusste: "Was meinst du?" - "Die

Sterne!"

Irgendein nachfolgender Tag

Am nächsten Morgen ging es von Neuem los. Schule, Falafels Irgendwas, Zäpfchen, dann wieder Schule, Falafels Irgendwas, Zäpfchen und Schule, Falafels Irgendwas, Zäpfchen. Und so ging es weiter, Tag für Tag für Tag. Genau! 3 Tage lang, dann änderte sich etwas. Eigentlich hatte sich schon davor etwas geändert, aber Männer sind nicht feinfühlig genug und bekommen so etwas ja nicht mit. Bevor der Unterricht begann schlich Schawarma im Rücken des Forschers zu Falafels Platz rüber: "Du bist echt mutig, dass du das jeden Tag über dich ergehen lässt." Dabei biss sie sich etwas auf ihre Unterlippe. Das bemerkte Falafel sofort: "Ich kenne das Problem. Ich beiße mich auch immer aus versehen. Deswegen haben mir die Wissenschaftler eine Bissschiene gegeben. Willst du die haben?" Schawarma stampfte mit ihren kleinen Vorderpfötchen auf: "Du Vollidiot!" Mit diesen Worten schritt sie wütend auf ihren Platz zurück, was Falafel selbstredend nicht irritierte. Das alles bekam selbstredend auch Mettbrötchen mit der schnell auf Falafel zu watschelte, wenige Millimeter vor ihm stehen blieb und seinen

Kopf anhob: "Was hast du grade getan?" - "Ach, du willst meine Bissschiene haben. Das musst du mir doch früher sagen." - "Ich mache dich fertig, wenn du ihr etwas...." - "RUHE!", der Wissenschaftler trennte die beiden Brüder voneinander: "Jetzt ist Schule und der einzige der Reden darf bin ich!" - "RUHE!", ein zweiter Wissenschaftler stürzte in den Raum hinein: "Hast du gesehen was grade passiert ist?" Der eben Hineingestürzte öffnete seine Gürteltasche mit Memphismuster, holte sein Smartphone raus und drückte es dem Lehrenden ins Gesicht: "Sie sind gelandet! Aliens!"

Irgendwann später n.d.Z.

Ab diesem Zeitpunkt änderte sich der Tagesablauf der Dreien. Um es genau zu nehmen, hatten sie gar keinen Tagesablauf mehr. Die Forscher hatten jetzt andere, wichtigere Aufgaben. Mit der Zeit wurden die Haare länger. Und bald schon, konnte Falafel nichts mehr durch die langen Haare sehen. "Was ist das auf deinem Kopf?", quiekte Mettbrötchen irritiert. "Ach das!? Das ist nur eine Perücke.", Falafel nahm die Extrahaare vom Kopf.

Selten wurden sie gefüttert und noch seltener sauber gemacht, also die Forscher. Um die minimale Pflege der Versuchslebewesen kümmerte sich ein sehr redseliger Praktikant: "Die Aliens sind friedlich und schenken uns viele Technologien. Sie bauen Gebäude, coole Maschinen und Raumschiffe und einige wollen hier sogar wohnen, wenn sie ein Visum bekommen. Außerdem hat die UN jetzt ihre Menschenrechtscharta auf alle intelligenten Lebewesen erweitert. Vielleicht kommt ihr ja bald raus."

Plötzlich stürmte der verwahrloste Forscher mit der Bauchtasche rein: "Raus hier! Die UN hat ihre Menschenrechtscharta auf alle intelligenten Lebewesen erweitert. Wir müssen alle Beweise für die Experimente vernichten!"

Kurz vor der Vernichtung

"Zuerst geht es euch beiden an den Kragen! Euch habe ich sowieso schon immer gehasst. Dich mit deinen neunmalklugen Antworten und dich mit deinen frechen Antworten!", der Forscher hob den Käfig der beiden Brüder an. "Dann werden wir jetzt wohl sterben.", mümmelte Falafel unaufgeregt, während sein Bruder aufgeregt etwas unter dem Heu suchte und es fand: "Stun-Gun!" Mit einem Zischen schossen aus der kleinen Kanone zwei Drähte auf den Forscher zu und schockten ihn, sodass er mit dem Käfig zu Boden fiel. Dieser öffnete sich überraschend Plot-voranbringend durch den Fall. Das war die Gelegenheit. Falafel schüttelte sich kurz, nahm die verwelkte Postkarte sowie die Bissschiene und tippelte auf den am Boden liegenden Forscher zu. Auch Mettbrötchen bewegte sich wieder, nachdem ihn der Sturz kurz ausgeknockt hatte. Er rannte aus dem Käfig, während Falafel in aller Seelenruhe dem Wissenschaftler die Tasche mit dem Memphismuster klaute und seine Sachen hinein steckte. Dann ging er noch zu der Tafel mit der blauen Kreide und steckte sie ein. Wieder einmal war sein Bruder durch seine Handlungen irritiert: "Was machst du da? Wir müssen Schawarma befreien und dann hier abhauen!" Falafel schloss noch mit einem Zippen die Tasche und watschelte auf den Ausgang zu: "Tschüss!" Mettbrötchen viel die Kinnlade runter: "Du kannst doch nicht einfach so verschwinden?" Und so ging Falafel aus der Tür und verschwand.

Nach der Flucht

Das Labor war groß und auf seinem Weg kam er an vielen Türen und auch einigen Leuten vorbei, die durch ihre Hektik keine Notiz von ihm nahmen, bis er einen ansprach: "Wo geht es hier raus?" Weiter auf seine Unterlagen starrend, beschrieb ein Assistenzforscher, zu erkennen an dem ASSI-Schild auf seiner Brust, den Weg: "Hä? Den Gang runter und dann rechts." - "Danke!", antwortete Falafel freundlich, ging den Gang runter und bog links in einen Raum ab, wo gerade ein weiterer Weißkittel raus kam. Die Tür fiel zu und verriegelte sich automatisch. "Das Draußen sieht aber komisch aus.", knusperte der wieder Eingesperrte während er sich im Raum umsah. Vor ihm stand ein großer Tisch an dem ein Schild hing: "Alienartefakte!" Falafel ging auf das Schild zu und versuchte es zu lesen: "Das ist ein A!" Er freute sich aufgrund seiner beachtlichen Lesefähigkeiten und krabbelte auf den Tisch, auf dem er unter anderem eine Schneekugel sah. In der Schneekugel reflektierte ein Oberlicht, welches offen zu sein schien. Und so steckte er schwupps die Schneekugel ein und konnte nicht fliegen, weswegen er auch nicht aus dem Oberlicht kam. Das war das erste Mal in seinem Leben, dass er sich aufregte und so hob er seinen Kopf und machte einen langgezogenen Quiek, der zuerst dunkel begann und immer heller wurde. Plötzlich schossen verschiedene Lichter aus seiner Tasche.

Einen Moment später

"**W**as, wo bin ich? Ich bin der allwissende und allmächtige Quiek. Wieso sehe ich nichts? Ich komme hier nicht raus. Hilfe!", diese Stimme kam aus der Bauchtasche mit dem Memphismuster. Nicht mehr wütend und kein bisschen irritiert holte Falafel die Schneekugel aus der Tasche, die nun das Antlitz des allmächtigen Quiek beherbergte: "Ich bin der allmächtige Quiek und dafür, dass du mich gerufen und aus der Tasche befreit hast, bekommst du 7 Wünsche." - "Oha!", mümmelte Falafel: "Das sind aber ganz schön viele!" - "Du wagst es mich direkt anzusprechen!", Quieks Bild wurde rot und ein Donnergrollen ertönte: "Dafür musst du sterben." Seine Augen fingen an zu leuchten. Falafel sah dies aber nicht, da er mit dem Kopf in der Tasche steckte. Dann kurz vor der Bestrafung holte er seinen Kopf zusammen mit der Bissschiene heraus: "Ift daf fo beffer?" Das Grollen verschwand und das Leuchten von Quiek normalisierte sich wieder: "Ja, das ist so in Ordnung! Hast du also einen Wunsch?"

Auf dem Dach des Labors

Falafel schaute das Oberlicht hinab, welches er an einer sehr instabilen Strickleiter hinauf geklettert war. Nachdem der Wunsch erfüllt worden war, hatte Quiek aufgelegt und die Schneekugel normalisierte sich wieder. Jetzt noch vom Dach runter springen, zum Glück, ohne zu gucken, auf einem Blätterhaufen landen und ab in die Stadt. Diese hatte sich seit der Ankunft der Aliens stark verändert, was Falafel natürlich nicht wusste, da er die Stadt nie gesehen hatte. Aber er wusste, was er wollte und so Schritt er frohen Mutes

Richtung des neuen Weltraumhafens.

Vor dem Weltraumhafen

Dort angekommen sah er ein weibliches Alien, welches ihm doch recht ähnlich sah, nur etwas farbenfroher und anders halt, das gerade von zwei Polizisten geschnappt wurde: "Halt, illegale Aliens sind hier nicht erlaubt! Wir müssen sie kontrollieren und dann werden Sie abgeschoben." Das weibliche Alien, welches in Falafels Augen immer attraktiver wurde, schaute sich nervös um, als es den Geflüchteten entdeckte: "Sie können mich nicht abschieben. Das da hinten ist mein Verlobter. Wir werden bald heiraten und dann bekomme ich meine Papiere." Die Polizisten stockten kurz und sprachen sich ab. Dann kam einer zu Falafel rüber: "Stimmt es, was das Alien sagt?" Der Gefragte bejahte dies mit einem Knuspern. "Dann hätte ich gerne Ihre Aufenthaltsdokumente.", sagte der Polizist bestimmt. "Geht nicht!", mümmelte Falafel genauso bestimmt zurück: "Ich habe keine Aufenthaltsdokumente. Ich bin Erdling!" Der Polizist schaute irritiert zu seinem Kollegen. Dieser zuckte nur mit den Schultern. Dann wandte er sich wieder dem bald Verheirateten zu: "Okay, stimmen Sie einem DNS-Schnelltest zu?" Falafel quiekte zustimmend.

Der Polizist holte eine Wattestäbchen heraus und wühlte damit in Falafels Mund herum. Dieser fing an zu Glucksen, denn die kleinen Härchen kitzelten etwas. Dann steckte der Kontrolleur das Stäbchen in ein Gerät, welches kurz darauf piepste. "Donnerwetter, Sie sind tatsächlich ein Erdling. Bitte entschuldigen Sie die Unannehmlichkeiten.", schnell holte der Polizist noch eine Zitrone aus seiner Tasche und schenkte sie Falafel: "Wir nicht-Vitamin-C-Synthetisierer müssen doch zusammenhalten." Dann wies er seinen Kollegen an den weiblichen Alien los zu lassen.

1 Jahr n.d.Z. einige Wochen nach der Hochzeit

"Oh ja, oh ja, Jaqueline!", quiekte Falafel erregt aus dem dunklen Raum des Hauses heraus, für welches er sich vom allmächtigen Quiek ein Grundstück und einige Baumaterialien hat geben lassen, damit seine Zukünftige ihm, wie es nun einmal Erdentradition ist, ein Haus bauen konnte.

Nach seinen Worten ging sofort das Licht an und das weibliche Alien, welches total zerzaust unter ihm hervor lugte schaute finster drein: "Ich heiße Encheres Nichwem." -

"Ach ja, dann heiße ich Ranammag?", bromselte Falafel zurück: "Das hast du mir nie gesagt." - "Das sage ich dir seit einem Jahr fast täglich. Ich bin Encheres Nichwem, eine stolze Stramineanerin und die Erde ist der perfekte Ort für einen Neuanfang." Falafels Bewegungen stockten und er riss seine schwarzen Knopfaugen weit auf. "Na, jetzt schämst du dich. Das sollst du auch.", triumphierte Encheres ihrem Verlobten entgegen. Dieser fiel zur Seite um und schlief ein.

Eine sehr entspannte Nacht später

Als Falafel erwachte, schaute er in die finsteren Augen seiner Bald-Frau, die einen Großteil der Nacht nicht so entspannt erlebt hatte: "Wer ist Jaqueline?" Wieder einmal richtete sich der Blick des Helden mit dem Kartoffelhintern heroisch in die Ferne. Doch sein kurzes Wegnicken dauerte nur Sekunden: "Ach, das ist meine alte Meisterin." Encheres war erschrocken: "Meisterin? Gibt es auf diesen Planeten etwa noch Sklaverei? Oder stehst du etwa auf SM." - "Ich muss jetzt zur Arbeit!", Falafel drehte sich um und tippelte aus der Tür hinaus. "Ach so! Ich wünsche dir viel Spaß bei der Arbeit mein Schatz.", rief die Übermüdete ihm hinterher, bis sie merkte: "Moment einmal, du hast doch gar keine Arbeit!" Doch da war Falafel schon aus dem Haus verschwunden.

Auf dem Weg zum Hobby

Falafel wanderte durch die Stadt zu einem alten historischen Gebäude, dass ein Geschäft beinhaltete, welches schon seit ewigen Zeiten nicht mehr gebraucht wurde. Er watschelte hinein und sah zwei Personen nebeneinander, jeweils an einem Schalter sitzen. Während der eine etwas älter wirkende Herr schon schlafend seinen Kopf abstützte, spielte die Frau am anderen Schalter abwesend wirkend mit ihrem Smartphone. Selbstverständlich tippelte Falafel auf den Schlafenden zu, denn wer bei seiner Arbeit Zeit zum Schlafen hat, muss schnell und kompetent sein. Zufrieden mit seiner bestechenden Logik stand Falafel nun vor dem Postbeamten: "Ich möchte diesen Brief verschicken!" Überrascht und verwirrt erwachte, der noch zuvor schlafende: "Was? Wie bitte? Was soll ich? Ein Kunde?" - Falafel öffnete seine getreue Bauchtasche und holte einen Brief auf dem ein Name stand: "Bitte schicken Sie diesen Brief an meinen Bruder." Schnell schob Falafel noch ein paar Münzen hinterher. Der Mann nahm die Nachricht im Couvert mit großen Augen entgegen. Dann drehte sich Falafel um und ging hinaus. Da bemerkte der Postbeamte etwas: "Aber hier steht nur das Wort *Mettbrötchen* drauf."

Doch der Postbeamte war zu langsam. Der Verheiratete war schon wieder verschwunden. Noch einmal schaute der ältere Herr auf den Brief. Dann zerknüllte er ihn, warf ihn in eine Tonne und schloss wieder seine Augen. Darauf hin drehte sich seine Kollegin zu ihm um: "War was?" Aber der Postbeamte war aufgrund der vielen anstrengenden Arbeit, schon wieder eingeschlafen.

1 Jahr n.d.Z. kurz vor dem Wiedersehen

Nach Falafels erfolgreicher Mission, ging derselbe zu seinem Lieblingsplatz: Auf das Dach eines hohen Gebäudes in der Innenstadt. Dort oben steckte er seine Nase in den Wind und ließ heroisch sein kuscheliges Haar wehen. Doch kaum stand er noch nicht einmal 3 Stunden so dar, hörte er eine Stimme aus dem Schatten hinter sich: "Habe ich dich endlich gefunden." Langsam, um dramatischer zu wirken, drehte sich Falafel zu der Stimme um und fing an zu lächeln.

1 Jahr n.d.Z. beim Wiedersehen

"Das ging ja fix. Ich wusste es doch, dass ich dich am besten mit der Post erreichen kann. Es ist ja ewig her, dass wir uns das letzte Mal gesehen haben. Wann war das noch?", knusperte Falafel aufgeregt als er seinen Bruder sah. Dieser erwiderte heftig: "Als du uns zurück gelassen hast im Labor." - "Stimmt! Das war toll. Hach, diese Erinnerungen.", schwelgte der Angesprochene in Erinnerungen. Mettbrötchen wurde noch böser:"Toll?! Toll!? Weißt du, was Schawarma und ich durchmachen mussten?" Falafel hob interessiert seinen Kopf: "Nö, erzähl mal."

Erzählerisch schwang sein Bruder seinen Kopf

von der Höhe her etwas über Falafels:

"Nachdem du gegangen warst... "

Eine langweilige Geschichte später

"... und jetzt bin ich hier für meine Rache.", erwartungsvoll schaute Mettbrötchen seinen Bruder an. Dieser bemerkte dies und antwortete erstaunlich schnell: "Hast du auch grade das Flugzeug gesehen. Ich bin ja mehr ein Freund von Raumschiffen, aber fliegen ist auch cool." Sein Gegenüber fing an zu schreien: "Ich weiß, dass du der intelligentere, schönere und coolere von uns beiden bist. Deswegen mochte dich Schawarma immer mehr als mich. Aber hat dich meine Geschichte denn nicht ein bisschen beeindruckt?" Falafel stockte: "Ging es dabei um Flugzeuge?" Mettbrötchen rastete jetzt völlig aus und zog eine futuristische Waffe: "Ich habe genug von dir, dass du dich immer dumm stellst. Alle anderen kannst du damit vielleicht verarschen. Mich aber nicht. ich werde der Welt beweisen wie intelligent du bist oder dich bei dem Versuch töten." Der Verärgerte schmiss seinem Bruder einen glänzenden Gegenstand zu. Davon war Falafel sehr beeindruckt. Denn er liebte glänzende Dinge. Und hatte er da nicht noch einen zweiten glänzenden Gegenstand unter einem der Füße seines Bruders entdeckt? "Das sind

die Koordinaten, wo du Schawarma findest.
Ich habe sie beim Trösten mit einer tödlichen
Krankheit angesteckt, die ich auf Basis der
Zäpfchen entwickelt habe, die uns eingeführt
wurden. Diese Krankheit ist so komplex, dass
selbst ich sie nicht heilen kann. Sie wird
Schawarma in zwei Jahren töten. Es sei denn
du entwickelst ein Gegenmittel und kommst
hier lebend vom Dach run...", Mettbrötchen
konnte seinen Satz noch nicht einmal zu Ende
Sprechen, denn er sah Falafel auf sich
zurasen.

Der dramatische Höhepunkt

Das rohe Fleisch auf dem kleinen Brot versuchte noch den Abzug seiner Waffe zu drücken. Doch Falafel war schon bei ihm und stieß ihn so heftig, dass er wegflog, über die Kante des Hochhauses stolperte und mit einem heftigen Quieken in die Häuserschluchten fiel.

Falafel stand nur regungslos an der Stelle, wo zuvor sein Bruder gewesen war und schaute auf den Boden. Er war enttäuscht als er das glitzernde Etwas hoch hob: "Das ist ja gar keine Münze, sondern nur ein Stück Alufolie."

Dann schaute er sich verwirrt um: "Wo ist denn Mettbrötchen? Egal. Dann beende ich meine Arbeit für heute und gehe zu meiner Frau zurück."

Sidestory: Einige Stunden zuvor

Etwas schüchtern ging Encheres in den verruchten Laden mit den nicht kinderfreundlichen Spielzeugen und war verblüfft von der großen Vielfalt an bunten Geräten, als sie plötzlich eine freundliche Stimme von hinten ansprach: "Kann ich Ihnen helfen?" Etwas erschrocken drehte sich Encheres um und stammelte: "Ich... ich... mein Mann ist anscheinend etwas speziell veranlagt. Wissen Sie, er redet gerne von komischen Dingen, wie von seiner Meisterin und so." Der Verkäufer lächelte freundlich: "Sie brauchen nicht weiter zu reden. Ich glaube, dass ich weiß, was Sie brauchen. Kommen Sie bitte mit." Zwei Gänge weiter standen Sie vor komisch geformten Massagestäben. "Das ist unsere Afterburner-Serie. Ich glaube, dass das ihrem Mann gefallen könnte. Wir haben hier verschiedene Farben und Größen. Schwarz wär die klassische Farbe und für Anfänger sind die hier links." Falafels Ehefrau war begeistert: "Oh, der weiße hier ganz rechts sieht gut aus. Den möchte ich gerne kaufen." Der Verkäufer nickte freundlich und beide schlossen die Transaktion ab. So machte sich das weibliche Alien fröhlich mit einem großen zäpfchenförmigen Gerät auf den Weg nach

Hause.